# LE
# FANTOME ROSE

### COMÉDIE

Représentée pour la première fois, à Paris, sur le Théâtre de l'Odéon,
le 6 décembre 1872.

CHATILLON-SUR-SEINE. — IMPRIMERIE M. CORNILLAC

# LE
# FANTOME ROSE

## COMÉDIE EN UN ACTE

PAR

## CHARLES EDMOND

PARIS

MICHEL LÉVY FRÈRES, ÉDITEURS

RUE AUBER, 3, PLACE DE L'OPÉRA

LIBRAIRIE NOUVELLE

BOULEVARD DES ITALIENS, 15, AU COIN DE LA RUE DE GRAMMONT

1873

# PERSONNAGES

LE COMTE-HENRI DE BONTAUD, 30 ans.  M.  POREL.
LÉONIE DE BONTAUD, sa femme, 22 ans..  Mme LÉONIDE LEBLANC.
BERNARD, vieux domestique du comte, 60 ans.  M.  MARTIN.
GUDULE, vieille servante de la comtesse, 60 ans  Mme MASSON.
JUBAL, clerc d'avocat, 20 ans..............  M.  FRANÇOIS.

De nos jours, à Paris.

———

# LE FANTOME ROSE

Salon élégamment meublé. Une fenêtre entre deux consoles  Sur une console une cage avec des oiseaux ; sur l'autre un bocal avec des poissons rouges. Au lever du rideau, Henri en toilette de bal, toilette légèrement débraillée, assis devant une table, écrit une lettre.

## SCÈNE PREMIÈRE

### HENRI, seul ; — écrivant.

« Une forte migraine m'a empêché de me rendre hier soir
» à vos aimables ordres, mais nullement de penser à vous... »
(Il s'arrête et se parle à lui-même.) Tiens ! une phrase !... Je sais donc
en faire ?... Je ne m'en doutais pas... (Écrivant.) « J'ai passé
» la nuit sans fermer l'œil... » (Parlant.) Je crois bien ! le
moyen de fermer l'œil au bal de l'Opéra... (Écrivant.) « fermer
l'œil... » (Parlant.) virgule ; non, — point ! (Écrivant.) « A l'heure
» de votre promenade au Bois, j'y serai, à cheval... et c'est
» à deux genoux que je compte vous présenter mes excuses... »
(Parlant.) A deux genoux, et à cheval à la fois ?... Madame de
Joigny trouverait le mouvement risqué. Franc-Breton n'est
pas un cheval savant que je sache ! Où ai-je donc la tête ?...
Cette infernale musique de bal me poursuit comme le pat-
chouli d'un mouchoir de douairière, et je déteste cette odeur !...
Enfin !... (Il écrit.) Là !... c'est plus banal, mais c'est moins
bête !... (Il plie la lettre, met l'adresse et réfléchit.) Est-ce moins bête ?...
Hélas !... Je crains que tout ce que je fais là, ne soit en somme
fort peu raisonnable !... Vouloir tuer le chagrin par le plai-

1

sir, c'est provoquer une lutte entre un pot de terre et un pot
de fer... et ordinairement c'est le plaisir qui est d'argile! Ah!
qu'importe! Allons de l'avant! Si je me suis fourvoyé, je m'en
apercevrai bien au bout de ma route. Tout vaux mieux que
cet état d'irritation perpétuelle dans lequel ma femme juge
convenable de m'entretenir! Elle varie, il est vrai, mes plaisirs, et, pour me reposer de ses nerfs, elle me prodigue ses
larmes, mais j'ai un malheureux caractère à qui ces procédés
ne vont pas du tout!... Oh! mais là! pas le moins du monde!...
(Au public.) C'est étrange, — n'est-ce pas?... Eh bien! je voudrais vous voir à ma place!...

Il donne un coup de timbre. Entrée de Gudule.

## SCÈNE II

### HENRI, GUDULE.

HENRI, sans voir Gudule.

Bernard!...

GUDULE.

Monsieur...

HENRI.

C'est vous, Gudule?... Où est donc Bernard?...

GUDULE, avec aigreur.

Il ne doit pas être à son poste... comme à l'ordinaire... à
moins qu'il ne soit allé porter une lettre de madame...

HENRI, tournant son billet.

Une lettre!... pour qui?...

GUDULE, avec aigreur.

Je l'ai bien vue entre ses mains; mais l'écriture de madame
est si fine... et je n'avais pas mes lunettes...

HENRI, examinant l'adresse de son billet.

Quand bien même vous les auriez eues, vos lunettes, Gudule!... Quel besoin avez-vous de savoir à qui madame
écrit?...

GUDULE.

Dame!... J'aurais pu répondre à la question que monsieur
vient de me faire...

HENRI, distrait.

Je ne vous demande pas de répondre à mes questions..

(A part.) Je dois avoir par ici des papiers qui ne regardent que moi seul .. (Il ouvre des meubles, cherche dans les tiroirs, choisit plusieurs papiers et les met dans sa poche. — Haut.) Vous direz à Bernard, quand il sera de retour, de descendre mes malles...

Il laisse tomber quelques papiers. Gudule les ramasse et les lui présente.

GUDULE.

Monsieur part?...

HENRI.

Apparemment. Mes malles ne sont pas habituées à voyager toutes seules... Il n'est venu personne ce matin?...

GUDULE.

Pour monsieur?...

HENRI.

Je ne vous questionne pas sur les visites de madame...

GUDULE.

Bernard ne me dit jamais rien. C'est lui qui reçoit les visites de monsieur...

HENRI.

Personne de chez monsieur Narbonneau?...

GUDULE.

L'avocat?... qui est en train de séparer madame de monsieur?...

HENRI.

Hein?...

GUDULE, vivement.

Il est venu tantôt, voir madame.

HENRI.

Et il n'a pas demandé après moi?...

GUDULE.

Bernard lui a dit que monsieur était occupé... qu'il était sorti... depuis hier soir... pour une affaire très-importante. .

HENRI.

Dame Gudule! m'est avis que vous pouvez bien vous passer de vos lunettes. Vous y voyez trop clair sans cela!...

GUDULE, vivement.

Monsieur Narbonneau a ajouté qu'il reviendrait, ou qu'il enverrait quelqu'un dans la matinée...

HENRI.

C'est bien!... (Serrant un dernier papier, et à part.) Je crois que c'est tout... (Haut.) Les avez-vous du moins sur vous, vos lunettes?...

GUDULE, cherchant sur elle.

Mes lunettes?... Mais mon Dieu!...

HENRI.

Je vous demande si vous avez sur vous vos lunettes?...

GUDULE, effarée.

Mais non, monsieur!... Depuis ce matin, je ne puis pas mettre la main dessus...

HENRI.

Prenez alors cette lettre, et courez vite la jeter à la boîte... en face... Dépêchez-vous!...

GUDULE.

On y va, monsieur! on y va!...

Elle sort vivement.

## SCÈNE III

### HENRI seul, puis BERNARD.

HENRI, seul.

Ah! l'avocat doit revenir bientôt!... Pourvu seulement qu'il gagne mon procès, ou plutôt notre procès, car c'est la dernière chose que nous aurons en commun avec ma femme. Une séparation! Tiens! on dirait que mon cœur bat plus fort que d'habitude... Et pourquoi pas, s'il vous plaît?... Narbonneau ne plaide-t-il pas pour la plus sainte et la plus juste des causes?... Il plaide pour la liberté!... Il plaide contre les annexions à perpétuité des maris à leur femme!... S'il avait du talent, il aurait de quoi être éloquent... mais il n'en a pas. Ah! bah!... son sujet l'entraînera!... (Il fredonne.) « Liberté, liberté chérie!... Inspire, inspire ton défenseur!... » (Se remettant.) Qu'est-ce qui me prend?.. Voilà qu'involontairement, j'entonne la... la marseillaise du mariage!... Monsieur le comte, pour un rural, vous vous oubliez!...

Entrée de Bernard, lequel est suivi de deux valets de pied chargés de plusieurs malles et cartons.

BERNARD, aux valets.

Par ici, mes braves!..

HENRI.

Ça, mon vieux Kaleb, tu deviens somnambule, tu devines mes pensées?.. J'allais te demander mes malles...

BERNARD.

Monsieur aussi?.. (Aux valets.) Déposez tout cela dans la
pièce à côté...

Les valets disparaissent par la porte à gauche, reviennent bientôt et sor-
tent par la porte du fond.

HENRI.

Les malles de ma femme ?....

BERNARD, avec ironie.

Une partie des malles de madame...

HENRI, à part.

Rien de tel que le ménage pour avoir les mêmes idées !
(Haut.) C'est bon! Tiens-toi prêt; nous partons ce soir.

BERNARD.

Par le train de huit heures?..

HENRI.

Il ne s'agit pas de chemin de fer...

BERNARD.

C'est juste! Je cours faire préparer la berline?..

HENRI.

Inutile...

BERNARD.

Mais alors quel chemin allons-nous prendre?..

HENRI.

Celui qui, de la rue de Varenne, traverse le Pont-Royal, et
conduit droit à l'hôtel du Louvre.

BERNARD.

Suffit, monsieur; ce sera vite fait.

HENRI.

Aussitôt que madame pourra me recevoir, tu me prévien-
dras... (Jetant un regard sur lui-même.) A dix heures du matin, une
toilette de bal pourrait lui faire croire.... que j'ai passé la
nuit au bal.... et plus encore... (A Bernard, en sortant.) Tu m'as
entendu?...

## SCÈNE IV

### BERNARD seul, puis GUDULE.

BERNARD, seul, brandissant un plumeau.

En route!.. ce soir décidément! En voyage! pour l'hôtel

du Louvre !.. Ah! nous revoilà enfin garçons ! Nous allons donc dire adieu à cette triste masure de famille ! à ce salon si mal tenu depuis quelque temps.... je parle de cette moitié-là... de la partie de madame, car de ce côté-ci de la frontière, nous sommes chez nous, et l'on s'en aperçoit bien; tout est en ordre... (Entrée de Gudule. — Bernard très-aigre.) Ah! voici Gudule !.. Bonjour, Gudule!...

GUDULE, sèchement.

Bonjour!.. Il me semble que je vous ai déjà vu ce matin....

BERNARD, câlin.

Que cela ne vous empêche pas de me faire une risette!.. Allons !.. voyons! votre main dans la mienne !..

GUDULE, avec indignation.

Ne m'approchez pas !..

BERNARD très-câlin.

Votre main dans la mienne, vous dis-je!..

GUDULE, avec fierté.

Monsieur !..

BERNARD.

Allons donc!.. ne m'appelez plus monsieur, je ne vous appellerai pas madame. Je ne suis pour vous que votre cher Bernard; vous n'êtes pour moi que ma douce Gudule! Plus de brouille entre nous! Tout est fini! Je vous quitte ce soir, et ne vous reverrai jamais!..

GUDULE.

Hé?.. A-t-on jamais vu?.. Monsieur va chercher du service ailleurs?..

BERNARD.

Oui, chère âme, et mon maître aussi.

GUDULE.

Ah!... A la bonne heure!.. que ne le disiez-vous plus tôt?.. Au fait, c'est juste!.. Il a demandé ses malles....

BERNARD.

Et il les aura! j'en réponds! et il partira, et il n'emmènera d'ici qu'un seul homme, celui qui depuis trente ans et quatre mois... (Oh! je sais l'âge de monsieur le comte par cœur...)

GUDULE.

Huit ans et treize jours de plus que Madame...

BERNARD.

Ne m'interrompez pas!... Il n'emmènera d'ici, dis-je, que

le digne homme qui depuis trente ans et quatre mois ne l'a pas quitté d'un seul jour...

GUDULE.

Il fera bien de l'emmener!. Bon voyage!... Partez-vous tout de suite?...

BERNARD.

Ce soir...

GUDULE.

Il est à peine onze heures du matin. C'est long.

BERNARD.

Bonne parole!... Merci, Gudule!...

GUDULE.

Oui!... Mieux vaut vous en aller à l'instant même que d'assister plus longtemps à ce qui se passe à la maison, à la vie que l'on mène ici!... Aujourd'hui encore, on est rentré à dix heures du matin...

BERNARD.

A neuf heures et demie...

GUDULE.

Il était dix heures moins quelques minutes. On devrait en rougir!...

BERNARD.

Dam!... nous sommes jeunes, et nous n'avons pas fait vœu de périr d'ennui! Or, ça n'est pas amusant ici...

GUDULE.

Il y a six ans, quand à la sortie de l'église, on est venu s'installer dans cette maison avec une femme de dix-sept ans à peine, on tenait un tout autre langage... et une autre conduite...

BERNARD.

Six ans... c'est beaucoup.

GUDULE.

Oh! l'horreur d'homme!... On nous parlait d'amour, on ne nous quittait pas d'une minute, on ne savait qu'inventer pour nous faire plaisir... C'était un vrai paradis sur la terre, quoi!...

BERNARD.

Et les pommes y ont duré pendant cinq années sans interruption. A la fin, elles sont devenues tellement aigres...

GUDULE, achevant.

Que l'on s'est mis en quête du fruit défendu ailleurs... Tenez! je ne vous dirai pas ce que je pense de vous...

BERNARD.

Dites!... dites!... de grâce!... votre santé avant tout! Un peu de gaîté ne gâte rien à l'affaire. J'en ai besoin. Depuis longtemps, moi-même je ne ris qu'à contre-cœur. Allez! sans le deuil qui est tombé sur cette maison, tout irait encore à merveille...

GUDULE, avec douleur.

Je vous avais prié de ne jamais me le rappeler!... Ces choses-là vous sont indifférentes à vous...

Elle s'arrête.

BERNARD, id.

Gudule, — je ne vous rappelle rien. Tâchez d'oublier... si vous pouvez...

GUDULE, id.

Que je l'oublie!... Dieu de bonté!... Cette nuit encore je l'ai vue en rêve, la pauvre petite!... Depuis plus d'un an qu'elle est morte, je l'ai constamment devant les yeux...

BERNARD, id.

Ah! si les enfants savaient le mal qu'ils font quand ils se laissent mourir!...

GUDULE, avec aigreur.

Allez-vous maintenant l'accuser de l'avoir fait exprès, la chère petite!... Ah! depuis, tout a marché à la dérive... Plus de bonheur! plus de joie! plus rien!...

BERNARD.

C'est qu'aussi...

GUDULE.

Quoi?...

BERNARD.

Rien.

GUDULE.

Dites toujours...

BERNARD.

Quand on voit un homme dans la peine, on l'égaie, on le distrait, on lui fait des agaceries, mais on ne l'agace pas...

GUDULE.

Madame était donc dans la joie?... Elle devait même en avoir pour deux?... Lequel des deux était plus à plaindre?...

BERNARD.

Parbleu!...

GUDULE.

Oui, n'est-ce pas? Le cœur des hommes! Je vous conseille
d'en parler!...

BERNARD.

Qu'en savez-vous?...

GUDULE.

C'est parce que je n'en sais rien...

BERNARD.

Raison de plus!...

GUDULE, avec rage.

Apostat!... Energumène!...

BERNARD.

Où diable avez-vous pêché ces mots-là?...

GUDULE, calmée.

Je n'en sais rien. Ils vous touchent. Cela suffit.

BERNARD.

Bon!... Vous sentez-vous maintenant un peu soulagée?...

On entend un coup de sonnette dans la chambre d'Henri.

GUDULE, lui indiquant d'un geste impérieux la porte d'Henri.

Sortez!...

BERNARD, ironique.

J'aurais cru que c'était monsieur le comte qui comman-
dait ici... Il paraît que c'est vous...

Entrée de Léonie.

LÉONIE.

Vous voici de retour, Bernard... Et ma réponse?...

BERNARD.

Les ordres de madame la comtesse sont exécutés. J'ai remis la lettre à madame la présidente elle-même, et voici la
réponse.

Il se met à côté de Léonie et semble attendre qu'on lui communique le
contenu de la lettre.

LÉONIE, jetant un regard sur Bernard.

Donnez!... C'est bien!... Merci.

Sortie de Bernard.

# SCÈNE V

## LÉONIE, GUDULE.

LÉONIE, à part, lisant la lettre.

« Le président se rend à l'instant même au Palais. J'ai
» plaidé auprès de lui votre cause. Il m'a paru très-mal dis-
» posé... » (Mouvement.) « Je vous en préviens, afin de vous
» épargner une déception... » (Haut à Gudule.) Monsieur est-il
levé?...

GUDULE.

S'il est levé?... Oui, madame... il vient de se lever... Il a
même passé une mauvaise nuit, à ce que m'a dit Bernard...

LÉONIE, à part.

Lui aussi s'impatiente; il s'inquiète... Il sera désolé en
apprenant le rejet de notre demande... (Haut.) La voiture est-
elle avancée?... Va-t-il sortir?...

GUDULE.

Il est à sa toilette... et il a demandé après madame... à ce
que m'a dit Bernard...

LÉONIE.

Il veut me voir?... Non, non, pas maintenant!... Plus
tard!... (A part.) Je ne veux pas être la première à lui annoncer
la mauvaise nouvelle.

Elle va pour sortir. Entrée d'Henri.

GUDULE.

Ah! voici monsieur le comte...

HENRI, saluant.

Madame...

LÉONIE, vivement agitée.

Monsieur... (A part.) Laisse-nous, Gudule...

Sortie de Gudule.

# SCÈNE VI

## HENRI, LÉONIE.

HENRI.

Serais-je arrivé mal à propos?... Je vous vois tout émue...

LÉONIE, froissant la lettre.

On le serait à moins...

HENRI.

Auriez-vous reçu quelque nouvelle?...

LÉONIE.

Oui.

HENRI.

Bonne?...

LÉONIE.

Non.

HENRI.

Mauvaise alors? Il n'y a pas de milieu...

LÉONIE.

Mauvaise.

HENRI.

Pour vous!...

LÉONIE.

Et pour vous aussi.

HENRI.

Parlez, de grâce! Je m'attends à tout.

LÉONIE.

Oh! tout courage, même le vôtre, a des limites...

HENRI.

C'est donc bien grave?..

LÉONIE.

Comment! vous ne devinez rien?...

HENRI.

Il n'est que onze heures, le Palais ouvre à peine, et én vérité, je ne devine rien...

LÉONIE.

Qu'importe l'heure! notre procès est perdu!...

HENRI, anéanti.

Que me dites-vous là?...

LÉONIE.

La présidente vient de m'écrire. Elle a intercédé auprès de
son mari en faveur de notre cause.

HENRI.

La digne femme!...

LÉONIE.

Le président n'a voulu rien entendre. Il s'est rendu au
Palais on ne peut plus mal disposé...

HENRI.

Le vilain homme!...

LÉONIE.

Aussi je ne comprends pas que vous vous soyez servi d'un avocat comme Narbonneau. Il est petit, laid, désagréable, et il n'est pas éloquent.

HENRI.

Il est retors, c'est tout ce qu'il faut. D'ailleurs, est-ce moi qui l'ai choisi?... C'est l'avocat de votre tante, de votre famille!... Il est bien à vous, celui-là!...

LÉONIE.

Que n'avez-vous pris le vôtre!...

HENRI.

Je n'en ai pas. Vous le savez...

LÉONIE, agacée.

Je ne sais absolument rien.

HENRI.

Prenez patience! On a vu des procès autrement contestables que le nôtre, aboutir à un résultat heureux...

LÉONIE.

La patience!... J'en ai tant dépensé depuis quelque temps...

HENRI.

Vous devez avoir de petites économies en réserve. Je vous ai toujours connu beaucoup d'ordre...

LÉONIE:

Le fait est que j'ai horreur du désordre!... (Henri tressaille.) Et c'est sans doute pour cela qu'il me tarde de quitter cette maison!... Au surplus, j'ai promis à ma tante d'aller la rejoindre, chez elle, en Bretagne, avant la fin du mois, et nous sommes aujourd'hui le 26...

HENRI.

Qu'est-ce qui vous empêche de vous mettre en route aujourd'hui même, quelle que soit la durée ou l'issue du procès?...

LÉONIE.

Je préfère attendre le jugement à Paris. Admettez qu'il nous soit défavorable, — la loi continue à vous conserver sur ma personne une autorité absolue. Que puis-je gagner alors à mon départ?.. En mettant un espace entre nous deux, je ne fais qu'allonger ma chaîne. Sur un signe de vous, on peut me contraindre à vous suivre partout comme une es-

clave! N'avez-vous pas pour vous la magistrature et la gen-
darmerie?...

HENRI.

Je n'en abuserai jamais. Vous pouvez partir. Je vous promets de ne pas faire tirer le canon d'alarme...

LÉONIE.

Trop aimable... merci.

HENRI.

Vous demandez à être rassurée; je vous rassure...

LÉONIE.

Dites plutôt que vous éprouvez le besoin de vous rassurer
vous-même. En ce moment, plus que jamais, ma présence
vous gêne...

HENRI.

A Dieu ne plaise que je sois aussi injuste, aussi ingrat que
vous voulez bien m'en accuser. Voyons!... Me forcez-vous
à vous rendre compte de mes faits et gestes?... Ne me lais-
sez-vous pas pleine et entière liberté?...

LÉONIE.

C'est peut-être pour cela que la mienne vous intéresse si
peu...

HENRI.

Preuve qu'elle vous est complètement acquise. Lorsqu'on
s'intéresse trop à la liberté, c'est qu'on médite de la suppri-
mer...

LÉONIE, très-vivement.

Je la veux absolue! sans aucune restriction, sans arrière-
pensée, débarrassée de toute sorte de liens et d'entraves!...
J'en ai soif!... Je voudrais qu'autour de moi, tout là respi-
rât à pleins poumons!... L'idée de me heurter contre les
barreaux d'une cage, si imperceptibles qu'ils soient, m'exas-
père!...

HENRI, lui montrant la volière.

Ne parlez pas si haut!... Vos oiseaux n'auraient qu'à vous
entendre...

LÉONIE, exaspérée.

Qu'ils m'entendent!... Je ne leur marchanderai pas le tré-
sor que je réclame pour moi-même!... (Ouvrant la fenêtre et la volière.) Et tenez, cela va peut-être me porter bonheur!...

Les oiseaux s'envolent.

HENRI, avec colère.

A votre aise !... Mais alors, ne faisons pas de jalqux !. .

Il saisit le bocal avec les petits poissons et le vide dans le jardin.

LÉONIE, hors d'elle-même.

Mes pauvres petits poissons !... C'est affreux !...

Dans un moment de vivacité, elle précipite la cage dans le jardin.

HENRI, id.

Ils soupireront après leur bocal, vos poissons !... Ne le leur faisons pas attendre !...

Il jette le bocal qui se brise avec fracas.

LÉONIE, tombant épuisée, sur une chaise.

Ah ! mon Dieu ! n'ai-je pas le droit de demander que cela finisse !...

HENRI, en colère.

Vous l'avez, et le plus tôt sera le mieux !... (Il s'arrête, regarde sa femme et essaie de rire.) Vous pleurez ?... Y a-t-il de quoi? et ne sommes-nous pas risibles tous les deux, de nous quereller comme si nous nous regrettions ?...

LÉONIE.

Ah ! vous jugez tout cela risible ?... Mes premières larmes vous ont trouvé distrait et indifférent, et puis elles vous ont irrité. A présent, elles vous trouvent gai. C'est un progrès !...

HENRI.

Si vous le prenez ainsi, permettez-moi au moins de défendre le passé... Vos premières larmes... j'y ai mêlé les miennes...

LÉONIE.

Combien de temps ?...

HENRI.

Vous avez l'habitude de ce reproche et je jure que si j'en mérite quelqu'autre, je ne mérite pas celui-là. Voyons ! disons-nous que nos caractères ne s'accordent pas, c'est avéré, mais n'outrageons pas réciproquement nos pauvres cœurs qui n'ont rien à voir dans tout cela. Vous ne répondez plus ?... Vous sentez que je dis vrai.

LÉONIE, un moment émue, se reprenant de dépit.

Nos pauvres cœurs !... eh bien non ! vous ne dites pas vrai !.. votre pauvre cœur à vous, est... bien pauvre !..

HENRI, blessé.

Madame !...

LÉONIE.

Oh ! vous m'avez à dessein irritée !... J'irai jusqu'au bout, tant pis!... vous n'aimez rien; vous n'avez jamais aimé personne!...

HENRI.

Jamais?... Si!... j'ai aimé... vous, quand vous ne me haïssiez pas, — et *elle!*...

LÉONIE.

Qui, elle?...

HENRI.

Vous le demandez?...

LÉONIE.

N'essayez pas de me faire croire...

HENRI.

Ah! taisez-vous!... c'est mal! bien mal, de douter de cela!

LÉONIE.

Je ne doute pas de votre douleur... mais combien a-t-elle duré?...

HENRI.

Vous n'avez pas voulu le savoir, donc vous n'en savez rien.

LÉONIE.

Alors, c'est moi qui ai tous les torts?...

HENRI.

Vous en avez beaucoup.

LÉONIE.

En vérité, il le croit!... Le voilà qui m'accuse quand je sais qu'à la veille du coup qui m'a brisée, il était occupé de madame...

HENRI.

Ce n'est pas vrai! je jure que ce n'est pas vrai!...

LÉONIE.

Eh bien, si ce n'est pas la veille, c'est le lendemain, c'est trois mois après, et si ce n'est pas cette femme-là, c'est une autre!... Oui monsieur, oui, vous avez pleuré un peu, mais si vous avez pleuré beaucoup, ce n'est pas avec moi! Est-ce que les hommes à bonnes fortunes peuvent connaître le chagrin?... Est-ce qu'ils se souviennent longtemps d'un deuil de famille, quand les consolations leur viennent du dehors?... Est-ce que d'ailleurs les hommes, quels qu'ils soient, connaissent les affections profondes, les larmes qui ne tarissent point?... Allons donc!... Ne faut-il pas qu'ils s'amusent, qu'ils oublient, qu'ils vivent dans l'ivresse?... Le plaisir est leur droit, et ils en font un devoir. A quoi bon pleurer un

enfant?... C'est l'affaire de la femme ! L'homme lui laisse cette
puérilité et va trouver une société plus gaie pour se remettre
du petit ébranlement que lui a causé ce désastre.

HENRI.

Allez, encore, allez donc!... Est-ce tout?... Eh bien, tout
ce que vous dites là est atroce, et j'y donne le plus formel
démenti ! Les femmes que vous m'accusez d'avoir si vite re-
cherchées, n'ont existé que dans votre imagination malade.
Mais supposez que je fusse coupable de légèreté, combien ne
l'étiez-vous pas davantage, vous qui mêliez à votre douleur
une aussi égoïste préoccupation, un aussi mauvais sentiment
que le soupçon?... Si un père ne doit jamais se consoler,
convient-il à une mère de le persécuter juste au moment où
il faudrait le plaindre et le soutenir?... Ah! selon vous, j'ai
été frivole et sans mémoire? je trouve que vous avez été injuste et sans pitié ! C'est pire, et si je vous ai paru irrité,
c'est parce que vous m'avez accusé à tort d'être un sans-cœur!...
Quant à être gai maintenant...

LÉONIE.

Avouez que vous n'êtes pas bien triste, et que vous at-
tendez la fin de notre vie commune pour ne pas l'être du
tout.

HENRI.

Je n'ai plus qu'une chose à faire : c'est d'être philosophe
pour supporter avec résignation....

LÉONIE, l'interrompant.

Les souffrances des autres...

HENRI.

Encore?... Toujours?...

LÉONIE.

Que vous importe?.. Madame... celle d'à présent! n'est-
elle pas là pour nous dédommager de tout?..

HENRI.

Ah! une jalousie nouvelle? Pardon! je ne savais pas, et
ceci m'annonce de nouveaux orages. Permettez que j'aille me
mettre à l'abri, car après tout ce que vous avez eu la bonté
de me dire, vous n'avez plus qu'à m'accuser de quelque par-
ricide.

LÉONIE.

.. Oh! des grands mots!.. toujours!..

HENRI, en sortant.

Je n'en suis plus à compter les vôtres!..

Il sort

## SCÈNE VII

LÉONIE seule, puis BERNARD et GUDULE.

LÉONIE, seule.

J'ai été trop loin. Oui, j'ai été injuste peut-être dans le passé! Mais le présent!.. Puis-je douter du présent?.. C'est comme cela qu'ils se justifient, ces Messieurs! Vous m'avez accusé à tort; pour vous punir, je fais le mal que vous me reprochiez; c'est votre faute! Ah! que cela est commode, et qu'il me tarde de ne plus être témoin.... — Car il l'aime, il l'adore, cette femme! Non, non, je ne veux pas le savoir, et là, en Bretagne, quand tout sera fini entre nous, je n'y penserai plus. Ici, dans ce maudit Paris, ma présence lui pèse, et la sienne me fait souffrir...

Entrée de Bernard, surchargé de malles et de cartons. Entrée de Gudule avec deux cartons à la main.

BERNARD, à Léonie.

Une autre partie des malles de madame!

Il va les déposer dans la pièce à côté.

LÉONIE.

C'est bien! (A Gudule.) Sois prête à tout hasard.. (A part.) C'est qu'il l'aime à la folie!...

Elle passe dans sa chambre. Rentrée de Bernard.

GUDULE.

Pauvre enfant! Elle a raison de vouloir quitter cette maison le plus tôt possible. Quoi qu'il arrive, nous pouvons partir ce soir même. Tout est prêt.

## SCÈNE VIII

BERNARD, GUDULE.

BERNARD, vivement.

Oui... tout est prêt... plus que vous ne le croyez..

GUDULE.

Laissez-moi tranquille! je ne veux plus vous parler!...

BERNARD.

Qu'ai-je donc fait encore?...

GUDULE.

C'est ça! Faites l'innocent! Demandez-le plutôt à monsieur le comte! Vous n'avez donc pas vu madame dans les larmes?... On a si bien manœuvré de votre côté que le procès est perdu...

BERNARD.

Ah! bah!...

GUDULE.

Perdu!... oui! entendez-vous?... perdu!...

BERNARD, accablé, il se laisse tomber dans un fauteuil.

Ah!... vous me mettez la mort dans l'âme.

GUDULE.

Et moi?... Pensez-vous que je sois sur des roses?...

BERNARD.

Mais comment l'avez-vous appris?...

GUDULE.

C'était bien difficile!... Ils viennent d'avoir encore ensemble une scène, et par quelques mots que j'ai entendus, j'ai saisi de quoi il retournait.

BERNARD, se levant majestueusement.

Maison du crime!... Malheureuse! vous écoutez donc aux portes!...

GUDULE, avec fierté.

Il y a quarante ans que je suis dans la famille de madame.

BERNARD.

Depuis quarante ans elle écoute aux portes... et le procès est perdu!... Horrible!... horrible!...

Avant d'achever le dernier mot, il aperçoit Jubal et s'arrête tout court.

# SCÈNE IX

## LES MÊMES, JUBAL.

JUBAL, saluant.

Athanase Jubal... second clerc de maître Narbonneau...

GUDULE, vivement.

L'avocat?...

BERNARD, id.

C'est ici, monsieur...

GUDULE, vivement.

C'est ici...

JUBAL.

Mon patron m'envoie avec un mot.

*Il cherche sur lui un papier.*

BERNARD, id.

Pour monsieur le comte?...

GUDULE, id.

Pour madame la comtesse?...

JUBAL, à Gudule, cherchant toujours.

Avec un seul mot...

GUDULE, id.

Donnez, monsieur...

BERNARD, id.

Je cours le remettre...

JUBAL, cherchant.

Mon Dieu ! qu'est-il donc devenu ?...

*Dans un moment de distraction, il repasse son chapeau à Bernard qui à son tour le remet à Gudule. Il cherche sur les meubles antour de lui.*

BERNARD.

Il est peut-être arrivé ici, avant vous, tout seul, comme un grand garçon, votre mot !...

GUDULE, distraite.

Ça n'est pas probable...

BERNARD, à Jubal.

Avez-vous quelque chose à dire à monsieur le comte?...

JUBAL, distrait et se tâtant les poches.

Perdu !...

BERNARD.

Le procès ?...

GUDULE.

Je vous l'avais bien dit...

JUBAL.

Non, le petit mot de maître Narbonneau...

BERNARD.

Et le procès ?...

JUBAL.

Le procès !... A l'heure qu'il est, il doit être gagné sur toute la ligne.

GUDULE.

Gagné ?...

BERNARD.

...Victoire !...

JUBAL.

C'était ce seul mot de bon augûre qu'envoyait le patron.
Il sera ici lui-même dans une heure...

BERNARD.

Votre patron est un grand homme! Laissez-moi prévenir.
monsieur le comte!...

Il s'élance par la porte de droite.

GUDULE.

Jeune homme! ce que vous dites là, est-ce certain?...
Parlez-moi franchement...

JUBAL, cherchant antour de lui.

Oui, le billet n'était même pas cacheté! Naturellement,
je l'ai lu! « Espoir! » — disait maître Narbonneau, — « je viens
» de terminer ma plaidoirie. J'ai été tout simplement su-
» blime. Le président et le tribunal succombent sous l'émo-
» tion. Triomphe complet! » — (Cherchant.) Tout de même
j'aurais mieux aimé ne pas avoir égaré le billet. Le patron
est si méticuleux...

GUDULE.

Rassurez-vous, jeune homme! vous apportez une bonne
nouvelle, et vous n'avez ici droit qu'à de la reconnaissance.
En vérité, si je ne me retenais pas...

Elle fait mine de vouloir l'embrasser.

JUBAL.

Oh! madame, retenez-vous, de grâce!...

GUDULE, vivement.

Oui, oui... je me retiens!... Ce sera pour une autre fois!
Votre patron peut se vanter d'avoir fait une bonne action...

Elle s'élance par la porte à gauche.

JUBAL, seul, retrouvant un papier dans sa poche.

Ah! le voici!... non... c'est un poulet de cette brave Phra-
sie!

Il serre vivement le billet dans sa poche. Entrée de Bernard.

BERNARD, à Jubal.

Monsieur le comte vous prie de transmettre ses plus vifs
remercîments à maître Narbonneau. Monsieur! Vous ap-
partenez à la magistrature... (Stupéfaction de Jubal.) de près ou
de loin, — n'importe! Vous devez en être fier!... Moi aussi
je suis fier de vivre dans un pays où la magistrature est toujours prête à protéger le faible. Une pareille magistrature, le
monde entier, que dis-je, l'Europe nous l'envie!...

JUBAL, sortant.

C'est entendu! depuis longtemps!...

BERNARD.

Allez, jeune homme! Vous ferez votre chemin!..

JUBAL.

Du chemin?.. Je ne fais que cela!..

*Il sort en courant.*

BERNARD, reconduisant Jubal.

Continuez alors!... L'escalier à gauche!...

*Rentrée de Gudule.*

GUDULE, triste, la tête baissée.

C'est donc pour de bon qu'il faut nous en aller.?.. Ils ne sont pourtant pas bien méchants, ni l'un ni l'autre... Le vieux non plus. Il n'est que taquin et bête... et volage, comme tous les hommes!... (A Bernard qui vient de rentrer.) Monsieur Bernard, emportez ce qui vous appartient...

BERNARD.

Tiens! comme vous me le dites!... c'est déjà fait.....

GUDULE, larmoyante; jetant les yeux autour d'elle.

Nous en ferons autant pour notre part... Après tout, je ne vous ai jamais fait de mal...

BERNARD, attendri malgré lui.

Mais qu'a-t-elle à marmotter ainsi entre les dents?.. Est-ce bête!.. Je me sens moi-même tout chose!.. Allons!.. Suis-je ou ne suis-je pas un homme?..

GUDULE, s'approchant d'un bureau chargé d'une foule de petits objets.

Comment donc! vous l'êtes, et depuis pas mal d'années déjà; seulement, si vous ne vous soignez pas, vous pourriez bientôt cesser d'être... Voici un buvard, au chiffre de madame...

*Elle le prend sous son bras.*

BERNARD, d'un ton de faux bourru.

Vous nous laisserez au moins ce cachet! Il est aux armes de monsieur. La boîte à ouvrage; elle est bien à vous! Voyons! prenez-la, et ne me regardez pas ainsi.... Sapristi! Il ne sera pas dit que je ne quitterai pas cette maison, le cœur gai...

*Il lui passe la boîte.*

GUDULE.

A qui donc ces livres?..

BERNARD.

Les livres!.. les livres!..

*Il tousse.*

GUDULE.

Vous avez la déplorable habitude de descendre dans la

cour, tête nue.... Cela vous enrhume. Ça n'est pourtant pas
un monde à soulever que de mettre sa casquette... Ah ! n'oubliez pas la miniature de madame... Elle est sur la cheminée
de la chambre de monsieur. Nous y tenons...

BERNARD, avec rage.

La cour !.. la casquette !.. la cheminée !.. C'est trop fort !
Si j'aime à être enrhumé, moi ! (Se reprenant.) Pour ce qui est
de la miniature, il faut que je demande d'abord les ordres de
monsieur le comte...

GUDULE.

Demandez-les... Mon Dieu ! j'avais encore à solliciter auprès de vous un service... Lequel ?.. Je n'en sais rien... Mes
idées s'embrouillent... Ah ! Il nous manque des malles !.

BERNARD, avec effroi.

Encore !...

GUDULE.

Quatre ou cinq, tout au plus. Je m'en vais vous dire au
juste, combien... (En sortant, es à part.) Mais qu'est-ce qui me
prend ainsi à la gorge ?.. J'ai de la peine à parler...

Elle sort vivement.

BERNARD, seul, d'une voix larmoyante.

Elle a du bon, la vieille !.. Elle me regrettera.... Elle me
pleurera... Il n'y a rien de tel que de quitter les femmes...
Ça leur ouvre le cœur... Elle n'a pas osé me le dire, mais
elle est convaincue que je compte faire mes farces... Peut-
être bien ?. Peut-être bien !...

Entrée de Léonie.

LÉONIE.

Eh bien ! Bernard, Gudule vous a-t-elle dit ?...

BERNARD.

C'est pour les malles de madame. J'y vais... j'y cours...

LÉONIE.

Oui, mon bon Bernard. Faites qu'on se dépêche...

BERNARD.

Voici monsieur le comte...

Entrée d'Henri. Bernard sort.

## SCÈNE X

### HENRI, LÉONIE.

HENRI, entrant vivement.

Eh bien ! Madame, vos craintes ne sont pas réalisées. Narbonneau nous promet un succès. Vous le voyez, tout vient à point à qui sait attendre.

LÉONIE.

Je vous avais fait peur bien malgré moi...

HENRI.

Les voilà enfin brisées à jamais, ces chaînes qui vous semblaient si lourdes ? Vous renaissez à la vie, à la liberté !...

LÉONIE, au fond, à gauche, elle arrange des broderies et des dentelles dans un carton.

Oui... à la liberté... et je compte en profiter, si vous n'y voyez pas d'inconvénient, pour partir ce soir même.

HENRI.

Mais n'êtes-vous pas maîtresse absolue de vos actions ? Je vois que vous avez de la peine à vous y habituer... Cela viendra...

LÉONIE, même jeu.

Je l'espère. C'est en se servant des choses, qu'on en apprend l'usage...

HENRI.

Toutefois ne vous en servez pas trop. Excusez-moi de hasarder auprès de vous ce timide conseil... Mais les femmes, en général, n'aspirent à la liberté que pour en faire immédiatement le sacrifice. Créatures d'élite, une soif de se dévouer à quelqu'un les dévore...

LÉONIE, faisant quelques pas vers Henri.

Oh ! ne craignez rien, et acceptez de ma part une franche réponse : les liens entre nous sont rompus, mais le nom que je porte vous appartient ; je ne l'oublierai jamais, et n'aurai aucune peine à m'en souvenir...

HENRI.

Vous ne comptez pourtant pas habiter une île déserte, que je sache ?...

LÉONIE, revenant à son carton.

Le château de ma tante, c'est à peu près cela, mais pour le moment je n'ai besoin de rien d'autre. Je suis inaccessible à l'ennui.

HENRI.

Vous êtes heureuse! je voudrais pouvoir en dire autant...

LÉONIE.

Vous le pouvez.

HENRI, s'asseyant.

Ah! c'est en vain que j'essayerais de me le persuader...

LÉONIE.

Ce que vous dites là ne fait pas l'éloge de madame de Joigny.

HENRI, avec une feinte ignorance.

Madame... de... Joigny?...

LÉONIE.

Il est vrai que cela ne compte guère. Elle ne vous entend pas.

HENRI, feignant de chercher.

Madame de Joigny?... Je ne devine pas.

LÉONIE, s'approchant de la table auprès de laquelle Henri est assis.

Oh! monsieur le comte! je ne reconnais pas là votre horreur habituelle de toute dissimulation. Voyons! traitez-moi en amie, vous pouvez le faire maintenant sans nul embarras, et laissez-moi être fière de vos succès...

HENRI.

Mais madame... en vérité...

LÉONIE.

Ah! que voulez-vous! La jalousie est clairvoyante, et il fut un temps où j'étais jalouse. J'ai fait cet honneur à madame de Joigny. Aujourd'hui que tout cela est de l'histoire ancienne, il ne me reste qu'à vous remercier de l'extrême délicatesse que vous avez mise dans vos procédés. Vous avez été prudent, discret; vous avez évité, autant que ces choses là peuvent s'éviter, toute occasion de froisser ma susceptibilité. Vous vous êtes entouré d'ombre, de mystère, là où un autre aurait cherché des satisfactions assez douces à sa vanité. Maintenant, que vous voilà débarrassé de toutes vos entraves, libre de tous vos mouvements, vous devez pouvoir respirer à l'aise, vous sentir léger?... (Henri fait des gestes d'impatience.) Vous aime-t-elle, du moins?...

HENRI.

De qui parlez-vous?...

LÉONIE.

De madame de Joigny... déjà nommée..

HENRI, se levant, avec dépit.

Oui.... elle m'aime.

LÉONIE.

Beaucoup?...

HENRI.

Passionément.

LÉONIE.

Prenez garde! vous allez toucher à la dernière feuille.
Madame de Joigny est une créole. Sous les tropiques, les
passions sont vives, mais elles durent peu. Le même mot que
les créoles prononcent : *Amour*, nous autres, des zônes tem-
pérées, le prononçons quelquefois : *Caprice*.

HENRI.

La personne dont vous parlez, est, sous ce rapport, au-
dessus de tout reproche.

LÉONIE.

Ah! tant mieux!... A la voir cependant, on la croirait un
peu frivole.

HENRI, s'oubliant.

Elle?... ah, mon Dieu! voilà pourtant comment se font les
réputations? C'est la femme la plus sérieuse, — et sérieuse
de la façon la plus bizarre que l'on puisse imaginer. Elle a
une horreur innée et instinctive de tout ce qui est coquetterie,
elle a une aversion invincible pour ce que le monde appelle
ses plaisirs. Il est plus facile de se brouiller avec elle que de
lui faire accepter le moindre compliment, le plus léger hom-
mage. Belle, comme on ne l'est pas... (Mouvement de Léonie.) vous
l'avouerez vous-même, elle passe sa vie à fuir cette société
dont il ne lui coûterait rien de devenir la reine.

LÉONIE.

Ah! elle vous a fait croire tout cela ! elle a de l'esprit; elle
est adroite...

HENRI.

Permettez... ici les faits parlent. Madame de Joigny a...
combien?... 25 ans... (Léonie prend un air de doute.) Elle est res-
plendissante de beauté; riche, veuve, — le monde l'appelle
par toutes ses voix. Elle rend des visites, va quelquefois au
théâtre, fait son tour de promenade en voiture, — le reste du
temps elle ne bouge pas de chez elle... et depuis deux ans
qu'elle est arrivée à Paris, elle n'a jamais accepté une seule
invitation de bal.

LÉONIE.

Ah!... en vérité?...

HENRI.

L'y avez-vous jamais rencontrée?...

LÉONIE.

Jamais! c'est vrai, et c'est étrange, car il est pourtant des

2

conventions sociales auxquelles une jeune femme n'est presque pas libre de se soustraire. Il y a là dessous quelque chose
que je ne m'explique pas.

HENRI.

Il y a un caractère sérieux, excentrique peut-être... Il y a
une nature se complaisant dans la vie d'un cercle choisi, in-
time, et ne trouvant aucun goût aux plaisirs de convention
qui font le bonheur de la foule.

LÉONIE.

Il y a de cela... et autre chose encore... Oh! vous devez le
savoir, vous?...

HENRI, avec dépit.

Il y a... il y a... que peu avant son arrivée à Paris, elle
avait, dit-on, fait un vœu au pied du lit de sa mère mourante.
Sa prière a été exaucée.

LÉONIE, achevant.

Et la pieuse fille a tenu son serment! Ah! c'est bien, c'est
même touchant! Voyez pourtant ce que c'est que les commé-
rages du monde! Moi qui m'étais laissé dire que madame de
Joigny fuyait les bals, non parce qu'elle avait horreur de la
coquetterie et des hommages... non pas à cause d'un vœu
qui pourrait bien n'avoir jamais existé...

HENRI, l'interrompant.

Mais...

LÉONIE.

Mais parce que à aucune condition elle ne se montrerait en
toilette décolletée...

HENRI, riant.

Tiens! tiens! tiens! on vous a dit cela?...

LÉONIE, riant.

Oui... on m'a dit cela...

HENRI.

Eh bien, oui! elle n'aime pas certaines toilettes et elle a
raison. Elles sont indécentes.

LÉONIE.

Surtout pour les personnes qui ont à cacher...

HENRI.

Quoi?... (Léonie penche un peu la tête vers son épaule, s'applique la main
ouverte à l'épaule, et tourne le dos à Henri.) Des ailes?... Je ne saisis
pas l'apologue.

LÉONIE.

Non! ce ne sont pas des ailes... C'est... c'est, quelque
chose... de moins poétique.

HENRI.

Qu'est-ce alors?...

LÉONIE, elle penche fortement la tête vers son épaule et contrefait une bosse.

Devinez.

HENRI, stupéfait.

Une bosse!...

LÉONIE.

Vous y êtes!...

HENRI.

Allons donc!...

LÉONIE.

Hélas! oui, vous venez de le dire : une bosse.

HENRI.

Une bosse!

LÉONIE.

Elle est bossue. Vous ne vous en êtes jamais aperçu? C'est singulier! Oui, elle a une bosse... vers l'épaule gauche. Une bosse qui à la vérité n'est pas démesurée, une petite bosse toute mignonne, un amour de bosse, mais enfin une bosse... Oh! mais là, ce qui s'appelle une vraie bosse!...

HENRI.

Ah! bah!... C'est impossible!...

LÉONIE.

Si!... cela se voit... ou plutôt ça ne se voit pas, tant qu'on n'est pas décolletée, et grâce aux robes montantes, habilement confectionnées, aux peignoirs chiffonnés avec adresse, et surtout aux yeux aveuglés par l'amour...

HENRI.

Ah! l'amour!... Je ne sais où vous allez le chercher?... Une bosse!... Une bosse!...

Agacé, il se jette dans un fauteuil.

LÉONIE.

Et pourquoi pas?... Est-ce sa faute?.. Elle n'y peut rien, la pauvre chère femme!... D'ailleurs, les bossus sont gens d'esprit, et je vous le demande : (D'un ton prédicateur.) qu'est-ce que la beauté en comparaison de l'esprit? (Henri s'agite sur son fauteuil.) L'une est éphémère, elle passe; l'autre est éternel; il brille et séduit toujours. (Reprenant un ton enjoué.) Dans le cas qui nous intéresse si vivement, il n'y a que l'épaule droite qui pourrait se plaindre. Elle seule porte le poids des iniquités de l'épaule gauche. Il est vrai que la charge n'est pas lourde... un peu de coton...

HENRI.

Vous êtes sans pitié...

LÉONIE, continuant.

J'avoue que si j'avais une bosse, je ne sais trop si je me donnerais la peine de la dissimuler. Une dissimulation de tous les jours, de tous les instants, passe dans les habitudes, et finit, à la longue, par pervertir le caractère... (Geste d'Henri.) Ne jouons pas sur les mots. Dissimuler, c'est mentir. Or, le mensonge est le plus odieux de tous les vices. Il humilie, il dégrade, voire même il enlaidit. Il n'est pas de joli visage que le mensonge ne parvienne avec le temps à dénaturer, à crisper, à ternir!... (Feignant de se parler à elle-même.) Contrefaite et menteuse!... mais c'est un monstre!...

HENRI.

Vous me connaissez assez pour savoir à quel point j'ai en horreur le mensonge!...

LÉONIE.

Oh! vous avez là dessus des théories implacables. A vos yeux, la plus légère atteinte à la vérité, fait disparaître même l'esprit...

HENRI, regardant la taille de Léonie.

L'esprit qui, — vous avez beau le dire, — ne tient pas toujours à la bosse. Et ma foi! il y a des tailles droites... adorables.

LÉONIE, feignant de ne pas comprendre.

Oh! je n'accuse pas les bossus francs!...

Elle remonte la scène. Entrée vive de Bernard.

BERNARD.

Monsieur...

HENRI, avec impatience.

Qu'y a-t-il?...

BERNARD, à mi-voix.

Les ordres de monsieur le comte pour la miniature de madame?... Gudule me la réclame...

HENRI, vivement.

Parbleu! je la garde!... Va-t'en!... En vérité, on n'est pas plus bête!...

Bernard s'esquive tout ébahi.

LÉONIE, vivement.

Vous gardez ma miniature!... Mais vous n'y pensez pas?...

HENRI.

Elle est à moi, madame, et je la garde.

LÉONIE.

Pourquoi faire?... Comme objet d'art, elle n'a aucun prix... Comme souvenir, elle en a encore moins...

HENRI.

Elle vaut beaucoup... pour le cadre! J'aime à la folie les beaux cadres...

LÉONIE.

Je n'ai rien à dire. Rendez-moi la miniature, et gardez le cadre. Vous pourrez en avoir besoin, pour un autre portrait peut-être... un portrait qui sera fait de face, celui-là, j'en réponds!...

HENRI.

J'ai également besoin du portrait, et je pense que vous n'allez pas me disputer ce qui m'appartient.

LÉONIE.

Serait-ce de votre part une aimable attention?... Je vous en remercie et vous prie de donner ordre à Bernard de me rapporter ma miniature.

HENRI.

Vous insistez avec une énergie froide et acérée que je vous envie...

LÉONIE.

Oh! mon Dieu! je suis parfaitement calme.

HENRI.

Tant pis... j'aurais mieux aimé...

LÉONIE.

Une scène?... Un emportement?... Des larmes?... Vous ne pouvez pas les souffrir... et je tiens à ne pas vous rendre trop désagréables, les derniers moments que nous avons à passer ensemble... (A Gudule qui entre.) Tu me demandes?...

GUDULE.

Je viens emporter la musique de madame...

Elle prend une liasse de cahiers de musique.

LÉONIE.

C'est bien, emballe tout cela.

GUDULE, surchargée de boîtes.

Ce sera bientôt fait... Les écrins de madame... les bijoux... j'emporte le tout afin qu'il n'y ait plus qu'à fermer les malles...

LÉONIE.

Fais attention!... n'en prends pas trop à la fois!...

GUDULE.

C'est juste... je reviendrai chercher le reste...

Elle enlève plusieurs cartons, pose sur la table deux petites boîtes et sort.

LÉONIE, très-émue, mettant ses deux mains sur une boîte noire.

La petite boîte!...

HENRI, avec ironie.

Tiens! vous avez vos petites boîtes secrètes?...

LÉONIE, d'une voix tremblante.

Vous vous méprenez...

HENRI, id.

Je ne vous demande pas ce que contient celle-ci. Je crain-
drais d'être indiscret...

LÉONIE.

Elle contient... (Avec effort.) des reliques...

HENRI, id.

Ah! vous appelez cela, des reliques?..

LÉONIE.

Oui... un collier d'ambre... des joujoux!...

HENRI, changeant subitement de ton.

Des joujoux!...

LÉONIE.

Une poupée!... quelques petits souvenirs...

HENRI, avec douleur.

Ceux de Milly...

LÉONIE.

De ma pauvre petite Milly...

HENRI, baissant les yeux.

Je croyais que tous ces objets étaient chez moi!...

LÉONIE, vivement.

Vous y aviez pensé?...

Pause.

HENRI.

Tenez... je n'ose pas vous demander un sacrifice...

LÉONIE, effrayée, étreignant la boîte.

Ah! mon Dieu!...

HENRI.

Elle m'aimait tant...

LÉONIE.

Chère petite!...

HENRI.

Elle était si gentille... si câline...

LÉONIE.

La mignonne!... elle nous aimait bien!...

HENRI.

Vous rappelez-vous, un jour à la campagne, vous lui aviez
improvisé une couronne d'épis?...

LÉONIE.

Oui... à Champrosay...

HENRI.

Sa couronne, de loin, se fondait dans sa chevelure ! Avec quel gracieux mouvement, elle secouait sa tête...

LÉONIE, achevant.

Toutes les fois qu'une boucle importune venait lui voiler le regard...

HENRI, regardant sa femme.

Ce regard !... Il me semble le retrouver... quand vous souriez...

LÉONIE, regardant Henri.

Elle avait bien vos yeux !... je n'ai jamais vu pareille ressemblance !...

HENRI.

Quelle idée !... les yeux étaient noirs, comme les vôtres. Et ses traits !... Les voici, devant moi ! Oh ! elle promettait de devenir charmante !...

LÉONIE, vivement.

Elle l'était déjà !... Vous la gâtiez beaucoup...

HENRI, avec tendresse.

Oh !... est-ce bien à vous de me le reprocher ?...

LÉONIE.

La petite poupée rose... ensevelie dans cette boîte... c'est vous qui la lui avez donnée...

HENRI.

Oui... le jour de sa fête...

LÉONIE.

Je tenais à la garder... Pauvre poupée... pauvre petite orpheline, elle me rappelle un bien triste souvenir...

HENRI.

Ah !...

LÉONIE.

L'enfant était déjà malade... très-malade... Depuis deux heures, vous couriez après le médecin. J'étais seule, agenouillée au pied du lit. Tremblante, éperdue... je suivais les progrès de l'horrible mal... et, bien malgré moi, j'ai eu la faiblesse de pleurer... La chère petite était étendue. Pâle, enfiévrée... de son bras, presque inerte, elle entourait encore sa poupée... je ne pensais pas qu'elle fût en état de se rendre compte de ce qui se passait autour d'elle. Tout-à-coup, elle s'aperçoit de mes larmes, se soulève.., et me dit...

HENRI.

Ah ! mon Dieu !...

LÉONIE, continuant.

« Tu pleures, maman !... pourquoi ?... je t'en supplie !.. ne

» pleure pas !... si tu me promets de ne pas pleurer, je te don-
» nerai ma poupée... seulement, fais bien attention de ne pas
» pleurer, car elle dort, et tu la réveillerais... » (Pause.) La
poupée ne s'est pas réveillée... et l'enfant s'est endormie à
tout jamais...

Elle sanglotte ; Henri l'attire vers lui.
HENRI.

Léonie !... de grâce... voyons !...

Il lui prend la main et l'embrasse.
LÉONIE, se remettant un peu.

Je ne pensais pas que vous l'aimiez tant !...

HENRI.

Ils sont bien à vous... gardez-les, ces chers souvenirs...

LÉONIE.

Souvenirs d'un bonheur qui paraissait alors sans fin...

HENRI.

Oui... car nous étions bien heureux... nous avancions dans
la vie, la main dans la main... (Léonie veut lui retirer sa main.) Oh!
laissez-la moi !...

LÉONIE, se jetant dans les bras d'Henri.

Oh! Henri !...

HENRI, l'embrassant.

Ma femme !...

BERNARD, entre vivement.

Monsieur !... Un grand malheur !.. L'avocat envoie dire que
le jugement est remis à huitaine...

Il reste ébahi en les voyant dans les bras l'un de l'autre.
HENRI, tenant Léonie dans ses bras.

Fais dire à l'avocat qu'il se trompe !... Madame vient à l'instant même de prononcer le jugement. Ce soir, elle nous em-
mène tous en voyage !...

Gudule entre à ces dernières paroles et reste stupéfaite.
BERNARD, à Gudule.

Allons! bon !... Condamné à Gudule à perpétuité !...

GUDULE, lui donnant une tape sur la joue.

Plaignez-vous donc, mauvais sujet !...

La toile tombe.

FIN.

CHATILLON-SUR-SEINE. — IMPRIMERIE E. CORNILLAC.

www.ingramcontent.com/pod-product-compliance
Lightning Source LLC
Chambersburg PA
CBHW060839180626
46818CB00004B/1514